キケンの水位

奥村晃作歌集

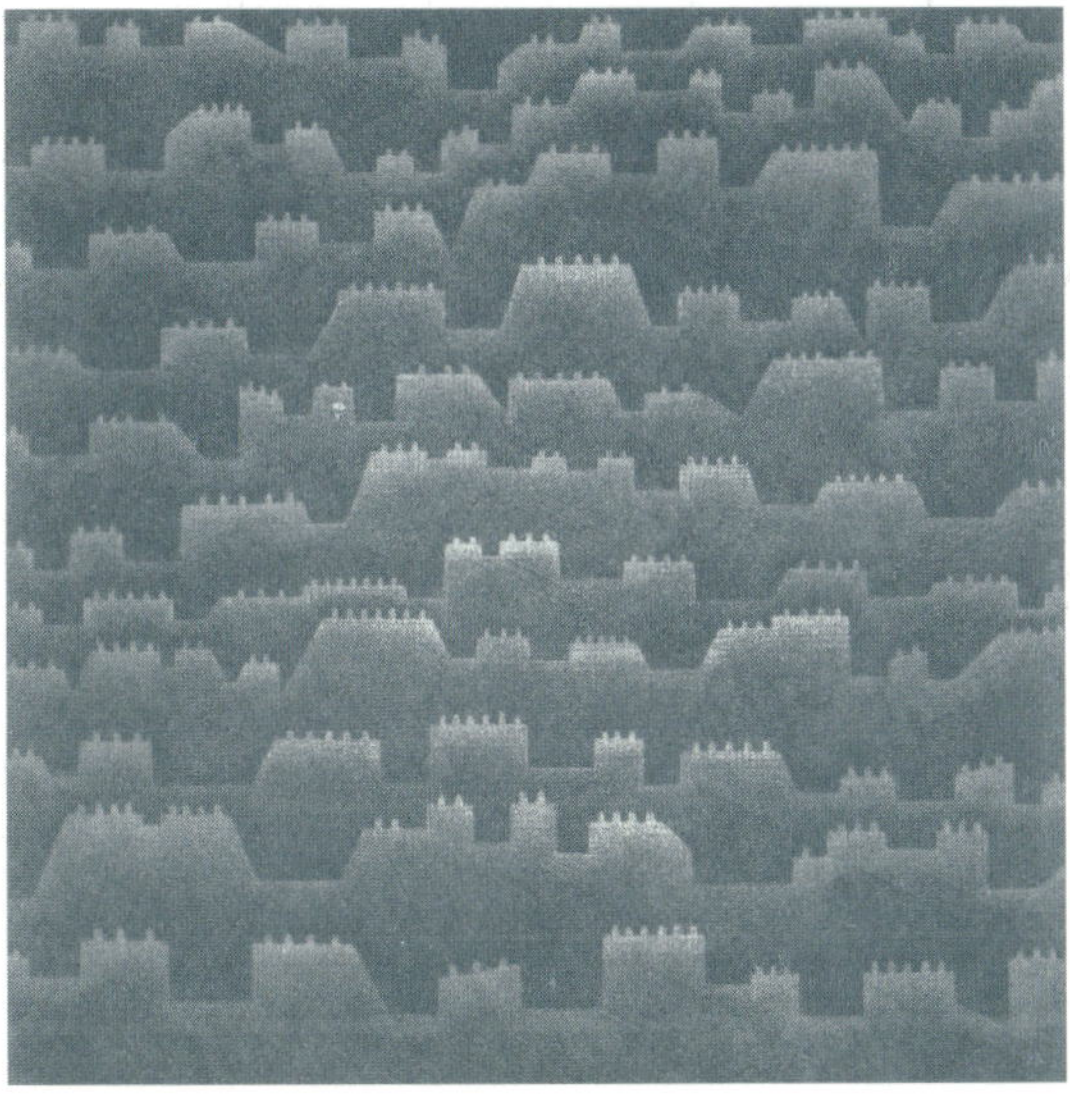

短歌研究社

目次

キケンの水位

二〇〇二年（平成十四年）

カバー装画　浜口陽三
「パリの屋根」一九五六年　カラーメゾチント
ミュゼ浜口陽三・ヤマサコレクション蔵

キケンの水位

二〇〇一年（平成十三年）

母、八十七歳

両眼にぜんぜん光感じない暗黒界に母棲むを知る

「生キテテモ価値ナイ自分、ムリ死《ジニ》モ出来ナイシ」ああ母の口癖

一日中たった一人で部屋ごもりほとんど寝てる全盲の母

インシュリン注射毎朝母の身に打つ弟よ　義理の弟

妹は専任教師、弟がポータブル便器日夜清める

翻訳が生業《なりわい》の義理の弟が昼めし作りて母に食べさす

母看取る妹夫婦の献身が東京のわれの暮しを許す

弟はカトリック派のクリスチャン妹もそう　二人に感謝す

母は昔よい顔してたが現在はよい顔でないことの悲しさ

岡倉天心の墓

突き出たる岩鼻に天心設計の六角堂建つ赤く塗られて

天心のヒラメキ　五浦《いづら》の海のべの景勝の地に美術院移す

天心に付きて大観、武山また春草移住す〈家族ぐるみ〉で

苔むして松の葉積もる小円墳一つ在るのみの天心の墓

三本の松の木の間になだらかな丸き塚なす墓を見て立つ

天心は自分の墓を海岸の六角堂の範疇に置く

天心の墓から海は見えないが海の鼓動の波音聞こゆ

早春の佐渡に遊ぶ

海面を一・五メートル浮上して飛んで行くなりジェットフォイルは

馬鹿でかいフェリーにしばし並走したちまち抜いて飛ぶ高速船

船に見る佐渡はなんとも巨き島、雪白き山連なりて見ゆ

両津から佐和田まで走行三十分佐渡は便利な島とこそ知れ

佐渡佐和田「浦島」の宿《やど》に正座して黒・白の石交互に打てり

様々に貴種の血引ける佐渡びとの君やさおとこ　女性にもてる

順徳院、　二十四の歳佐渡に来て二十二年後みずから果てつ

四十六、　壮んなる身を絶食し佐渡に果てにし順徳院かなし

父後鳥羽《ごとば》、隠岐へ　兄土御門《つちみかど》、土佐へ　順徳は佐渡に流されて………果つ

後鳥羽院　京還《みやこがえ》りは叶わずに隠岐にて没す六十歳《ろくじゅうのとし》

〈天皇の父子〉隠岐に果て、阿波に果て、佐渡にて果てつ末期惨憺《まつごさんたん》

七十二、世阿弥も佐渡に流されてのち不明なり「帰りしか否か」

為兼は許され京に戻り来て『玉葉集』編み新風を立てき

北一輝、本間雅晴、佐渡生まれの傑人ふたり処刑にて果つ

＊南方軍フィリピン作戦司令官本間雅晴陸軍中将は一九四六年四月三日マニラで没した。享年五十八歳

全身が朱《しゅ》の粗石《あらいし》を庭に置く大きあり小さきあり佐渡の赤玉

春の波うねり寄せ来て引くときに透きとおり見ゆ底の褐石《あかいし》

「イカは微妙の生き物なれば水槽で飼うは至難」のそのイカ泳ぐ

「佐渡金山」岩盤を深く掘り進み〈水汲み作業〉はいよいよ大事

水汲みの重き〈輪〉回す人夫らに監視男の大き猛《たけ》き声

一生に一度は見んと「佐渡金山」目ざす人等の列続く見ゆ

漆黒の円盤《えんばん》　波は猛り立つ　その上を平然と飛び行くよ船は

テトラポッド

平潟《ひらがた》は漁業の町で温泉も湧き出るよ塩分の強い温泉
一軒の家の容積ゆうにあるテトラポッドが浜に鎮座す

防波堤守らんと海に幾重にもテトラポッドを沈め組み上ぐ

高波がテトラポッドに打ち寄せて強く叩きてしぶきとなりぬ

旧東海道の処々を歩く

泉岳寺浅野家墓所

線香の香の一年中立ちのぼる浅野家墓所の義士たちの墓

＊浅野内匠頭長矩及び四十七士を祀る

殿様の墓と比べて素《す》なれども大石以下の墓石《ぼせき》ぞ集う

方形の四辺に並び立つ石の義士らの墓に線香供う

天心の孤独の墓と比べ見て赤穂の義士の墓の賑わい

あまりにもむごい最期のてんまつを経て祀《まつ》らるる御霊《みたま》四十七

生まれ来ていかに死ぬかがめいめいの課題となった義士の生様《いきざま》

品川寺

青銅で造られし軍の犬《けん》・馬《ば》・鳩《きゅう》観音像に真向いて立つ

鈴ケ森刑場跡

磔《はりつけ》の人を縛りし柱をば嵌《は》め込みし石の真四角の穴

大小の供養の石碑立てりけり狭められたる刑場跡に

最悪の最期遂げたる人たちの怨念こもるくさぐさの碑ぞ

生麦事件碑

生麦《なまむぎ》でリチャードソンがコロされて薩英戦争必至となりぬ

大名行列《ぎょうれつ》の前を過りし馬上の人リチャードソンはザンサツされき

逃げまどうリチャードソンを追いて斬りとどめの剣を刺してアヤメつ

リチャードソンとどめ刺されて息絶えし跡なり彼を祀る碑の立つ

いちにんの執念が碑を建たしめて魂《たま》を祀りきリチャードソンの

＊鶴見の黒川荘三、生麦事件碑を建立（明治十六年）

横　浜

幕末の神奈川の宿賑わいてその時漁村であった横浜

横浜の海埋め立てて外人を保護する住《じゅう》の地域とせりき

のどかなる漁村であった横浜は百四十年経てビル林立す

権太坂

権太坂《ごんたざか》完全舗装されたれどその道の持つ傾斜変わらず

権太坂変わらずあれど坂の様《さま》囲りの景《けい》は変わり果てたり

権太坂越えられなくて倒れたる人ら葬りし「投込塚」跡

「投込塚」跡地は大小さまざまの供養塔立ち生花鮮《あたら》し

遊行寺

一遍の何代目かの呑海が建てた遊行寺、時宗総本山

遊行寺の柳の下に雨を避け見やる本堂、広いなあ境内

坊さんの墓は頭が丸くして　茄子《なすび》の如き墓石《はかいし》並ぶ

傘だけで身は守れないビニールの合羽はおりて雨中を歩く

花火見に行く

わが尻を置く場所土手に見つからず花火の人等坐り尽くして

ズドォーンと音して宙《そら》を上り行き開く花火の轟音を聴く

花火師の姿見えねど荒川の河面《かわも》近くの筒が火を噴く

花火見て歌わんと思う　花火見ずに歌えぬわれは花火見に行く

キケンの水位

接近し　まごうことなき旅客機がビルの胸部に激突したり

宙《そら》に飛び散り行くが見ゆ　炎上の高層ビルの壁に沿う宙

理念とか叡智とかどこかに飛んじゃって実務レベルのステイツマンが
オイ、キミら冗談じゃないぜ〈戦争〉が肯定されてタマルモンカよ
窮鼠猫《きゅうそねこ》を噛《か》んじまっただ　変わらざる追い詰め方はタマランワのう

〈報復の連鎖〉即刻断つべしと無力の声も上げねばならぬ

アフガンの青年画面に発言す「ミンナ　トッテモ　悲シンデマス」

「瓢箪から駒が出る」ことあるのだから〈希望〉は持とう人類の上に

米時間十月七日午後九時頃〈アフガニスタン空爆〉開始

パキスタンわーわーわーわー民衆の反戦の声反米の声

民衆の心は離れ為政者の屈するもあわれ今パキスタン

大親分率いるイジメ集団が横行す　サル山の話で
「目ニハ目ヲ」「ヤラレタ分ハヤリ返セ」単純明快サル親分は
一国制覇の大国の〈暴〉恐れてかワレもワレもと同調す　ああ

想像力乏しく現実にのめり込む指導者たちの皆元気

支持率が八割超えて伸びる時かつても今もキケンの水位

ＮＨＫ、朝日新聞〈墜落機ノソノ後ノ報〉突如断ちたり

ＮＨＫ、朝日新聞〈炭疽菌テロ報道〉は昨日より見ず

民衆の声うち消され〈テロ報道〉力で断たれどこへ行くのか

一国の支配極まりキャピタリズムの終局かグローバル化とは

こんぽんの　こんぽん的な　こんぽんの　解決難《かた》し　報復のＢＯＭＢ
「オゴレル者久シカラズ」とにっぽんの古典は記す「久シカラズ」と

孫の花子

歌い　踊り「とっとこハム太郎」熱演の五歳の女児のいのちの輝き

幼子は庭のプールで遊びおり自分で遊び飽きるひまなし

横に居るだけでいいみたい一本の紙のヒマワリ組み立てている

それはもうかないっこないわ　かないっこない〈走り〉は幼稚園の子にかなわない

滑り台の急斜面をば駆けのぼり滑り来、何度でも繰り返す

六十も年齢開くオレを連れ次々と遊びに余念なし孫は

二〇〇二年（平成十四年）

解体と建築

トタン屋根修理したのに容赦なく雨落つるわが机のめぐり

＊

路地奥の家なれば機械入れられず解体は人の手もて行う

組立てて成りし家ゆえその逆に剥がし壊して解体進む

解体の材類別し、木、畳、鉄、アルミなど庭隅に積む

コンクリは鉄塊のごと固くしてハンマーで叩けど叩けど壊れず

家壊しなくす作業が労働の、資材の需要おのず作り出す

古家《ふるいえ》が取り払われて現われし更地《さらち》は四方囲まれている

もと家が立ってた土地が更地となり冬の陽浴びる土の面《おもて》が

*

青笹の直ぐなる四本を立てたれば正方形の神域出来る

笹立てて囲む四角の神域に棚を作りて巫女《みこ》来るを待つ

巫女が来て垂処《しで》々に張り神酒《みき》及びくさぐさの品《しな》祭壇に置く

地の霊を鎮むるためのお祭を挙行し巫女の御祓を受く

我と妻、工務店主と他二名頭《こうべ》を垂れて巫女にさもらう

冬空にひびく祝詞《のりと》の若き声巫女さんの声眼つむりて聞く

＊

平らなる地面を深く掘り下げて方形の土に石敷き詰める

敷き詰めた大小の石機械もてズシズシ叩き平らに均す

「ベタ基礎」というは石敷きその上に鉄の棒張りセメント流す

木造の家置くだけの基礎なれどかく頑丈に土台作りす

家の基礎出来上がり見るに間取りなどおよそ分かりてわが家狭し

＊

四トンまた二トントラック連なりて材運び来る朝けの道を

郵便を出しに出でたる午前五時トラック二台道狭《みちせ》に来たり

トラックの荷台に積める角材の白木を太いロープで縛る

*

鉄のごと固くて黒い〈キソパッキン〉通風と耐震兼ねる資材なり

鳶、大工声を合せて柱起こす機械使わぬ家の棟上げ

太綱で両端しばり引きあげる梁となる重い杉の角柱

設計の人が頭脳に組み立てし家徐徐徐徐に形現わす

少しずつ少しずつ出来る、 家なんて一気に出来るものにはあらず

材切るも電動工具、釘打つも電動工具、大工仕事いま

孫の太郎

三歳の孫の太郎は実物の新幹線見て声高め居り

六歳の姉、三歳の弟が頭寄せ合いケーキ囲めり

三歳の太郎の今日は誕生日三本のローソク彼は吹き消す

帰らんと立つわれに来て引き止めて遊ぼうとせがむ孫の太郎は

右の手でまなぶた圧して眠そうな顔すれど「まだ寝ない」と言えり

引越し業者マミー

引越し業者マミー分業を旨《むね》として梱包は女性、若い子ばかり

三人でチームを組んでおのおのの分担決めて励みに励む

十分間休んだだけで六時間食器の梱包すマミーの子らは

若い子ら休まずテキパキ懸命に仕事する様見つつ清しも

引越し業者マミーは若者集団で本当によく彼ら働く

天草の夕日

西に向き巨船の腹の如く立つ白亜のやかた「あまくさ荘」は

真西向く部屋はギンギン陽が射して冷房「強」も効き目のあらず

どの部屋も真西に向いて窓開く、夕日がきれい「あまくさ荘」は

西海岸「あまくさ荘」に一泊する「桟橋」の友、二十三名

天草のいで湯に浸かり50度の湯が出る口の湯を手でさわる

天草の夕日を見んと窓の辺に友ら立ち行く夕食さなか

ギンギラの太陽今は穏やかな赤い夕日となっております

太陽を見つめることは出来ないが赤い夕日は見つめて居れる

おのおのの思いに沈み「桟橋」の友ら夕日を見つめ居るところ

天草の海の彼方の空に照る夕日の色をなんと呼ぼうか

酸漿《ほおずき》のような色して形して夕日は西の空にとどまる

天草の西の空なる夕日見て線香花火の玉連想す

夕雲が壁の如くに立ち込めて間なく夕日を隠さんとすも

入りつ日が海面染める紅《くれない》の帯は見えずも雲立ち込めて

天草の夕日は見たがめらめらと燃えつつ落ちる落日は見ず

ヒマラヤの青い芥子

飯田市の実家出てから90分青い芥子咲く畑《はたけ》に着きぬ

はからずも誘われてわが青い芥子見に来てちゃんと咲いていました

ヒマラヤの青芥子の花一目見ん一目見んとぞ人等登り来

ヒマラヤの青芥子の花一目見に来たけどべつにフツーの花だ

一列に植え付けられて畝ごとに咲いております青芥子の花

一株にいくつも大き花咲かすヒマラヤ原産の青い芥子の花
四枚の青花びらが包んでる中心の蕊《しべ》は濃き黄色なり
青芥子の花はアヤメの形していわゆる芥子の形とちがう

よく見るとアヤメに似てるのでもないアングルで姿変わる青い芥子

赤石が間近に見える大鹿《おおしか》の大池高原に咲く〈青い芥子〉

青い芥子の花をカメラで写したり自分も入れて写したりする

青い芥子切花として売る場合一本いくらの値がつくだろう

標高が一五〇〇あればどこででもヒマラヤの青い芥子は育つか

「青い芥子」又の名「メコノプシス」にて花が青いから人が見に来る

「ヒマラヤの青い芥子」なるネーミング、人を集める言葉の力

ラジカルはファンダメンタル

タリバンはバーミヤン仏像破壊してその後ブッシュに叩きのめされき

「なぜあなた自爆のテロを行うか」当人の理由聞きたしわれも

自爆テロの思想恐ろしそこにまで追い詰められてゆくが恐ろし

イスラエルの社会を国を根底から打ち壊さんと繰返すかな

*

辻元清美の言動さあれ国会議員辞めねばならぬ性質のものか

寄ってたかってカンオケの蓋閉じんとす　党派を超えて蓋閉じんとす

辻元氏提起の問題そのまんまウヤムヤにしてよいであろうか

ラジカルはファンダメンタル　辻元氏　ラジカルにしてファンダメンタル

圧倒的　圧倒的ヨ　圧倒的　〈女性党〉作レ　圧倒的ヨ

*

ブッシュ大統領、三国を歴訪す

小泉は情けなかった　金大中　曲がりなりにも　筋を通した

小泉氏　ふにゃふにゃ　オベッカ　上目遣い　ドンはご機嫌　ドンお気に入り

旧満州小旅　――改めて「戦争は悪だ」を実感す

8月12日から18日までの一週間、大連・旅順・瀋陽・長春・ハルピンなどを見学す

乃木〈日本〉ステッセル〈ロシア〉勝手に来て旅順取り合う戦《いくさ》をせりき

帝政ロシアの旅順獲得の執念を東鶏冠山堡塁《ひがしけいかんざんほうるい》に見つ

「水師営会見所《すいしえいかいけんじょ》」とは萱葺《かやぶき》の平屋の土間の粗末な民家

二〇三高地《にいまるさんこうち》攻めのぼる乃木指揮の将兵一万余殺されしとぞ

日露戦　なぜ殺された　村人《むらびと》があまたころがるモノクロ写真

＊

大連は空気が汚れ現地ガイド「オハヨウ」のあとノド飴配る

石炭の火力発電も原因なり大連の空朝から濁る

*

抗日を貫きし人張学良《ちょうがくりょう》百一歳で外地に果てし

張作霖《ちょうさくりん》・学良父子はくにびとの誇りなるべし　旧居を巡る

瀋陽の邸《やしき》は豪華、張学良戻ることなく外《と》つ国《くに》に果つ

学良を慕い悲しみ「先生は気の毒なお方」とガイドは添えぬ

二〇〇一年学良の死で瀋陽の邸は国家の帰属となった

愛新覚羅溥儀《あいしんかくらふぎ》は清朝のラストエンペラー、長じて満州国皇帝となる

張作霖・学良父子も偽皇帝溥儀も無念の生を遂げたり

満鉄特急「あじあ号」牽引の機関車は青色塗装　野ざらしに置く

瀋陽もビル建設のラッシュにて上半身裸《ら》の男等働く

合理的思考の漢・満民族は満鉄諸建築壊さず使う

五つ星ホテルに泊まり夕食は星二《に》か三《さん》のホテルに向かう

*

犠牲者は丸太と呼ばれ三〇〇〇本「丸太は自由に加工できる」と

ワラムシロに包《くる》まれ縛られ積み上げられ順番を待つ、解剖室に

屠殺後の丸太の骨は残さぬよう焼却炉にて始末をせりき

三〇〇〇の丸太の骨の一欠けも無きまで証拠の湮滅果たす

殉難の抗日烈士三〇〇〇名、言語道断の生き殺し

凍傷の実験写真　取り囲む医師等防寒服に身を包み

四烈士の拡大写真壁に貼る　写真残るはこの四人のみ

八月の十日より日夜強行す証拠湮滅の破壊作業を

間に合わず？　あるいは意図か？　一枚の壁面、二本の煙突残る

本質は変わらざるべし実験用マウスの冷えた小さき体

空

飛行機の窓からのぞく下の空いつものような青い空見ゆ

一万メートル上空に仰ぐ上の空　黒ずんで見ゆ　あれは空でない

空に鳥、星が見えます。飛行機も人工衛星も飛んでおります

空は青、雲は白いというほかに言いようないね　じっと空を見る

どこまでが空かと思い　結局は　地上スレスレまで空である

海は水　だから色はない　空は空気　だからはないと言うほかはない

拉致された五人の帰国に思う

拉致されて一年余り「泣き暮らし」或る日プチンと「開けた」と述ぶ

受け入れて「朝鮮語学習始めた」と自分のいのち生き延びるため

なぜ拉致か　根本の分けをあの人の口から直接聞きたいものだ

親たちが叫び努めてその子らを奪《と》り返したり五人なれども

明暗の暗はいよいよ暗くなり彼《か》の国真実明かす日来るや

国益をメンツを常に旨とする国家が個人に優しいものか

北朝鮮に生活の場があるのなら彼の地に暮らすもよいではないか

被害者の意志や気持ちを第一に行動すべしとわれは思うが

本人を差し置いて親が父親がおのれの意志をはっきりと述ぶ

拉致問題棚上げにして国交を回復する道ないであろうか

国交を正常化して拉致されし人また家族の行き来叶えよ

数奇なる生涯を経《ふ》る被拉致者の全告白をいつか聞きたい

じゃあどうする拉致被害者とその子らが裂かれたままの事態どうする

ふるさと飯田を歌う

飯田市を見下ろす山の恋しもよ風越《かざこし》の峰、虚空蔵《こくぞう》の尾根

虚空蔵の青き夏山中学の全校マラソンであえぎ登りき

飯田市の市街　戦後の大火で焼け、今活況は郊外に移り

田や畑の農村なりし殿岡《とのおか》が、伊賀良《いがら》が大型店舗街となる

二、三台の車を持つはとうぜんの地方こそ自動車文明世界

東京の板橋に住む奥村は生涯車は持たず終わるわ

人通りまれなる知久町、松尾町、銀座も然りさびしもよ飯田

おたぐりは馬のはらわた茹で上げて味付けよろし　肴によろし

ちちのみの父十三回忌　運昌寺本堂に坐し木魚を叩く

ちちのみの父十三回忌　母生《あ》れし〈砂払温泉《すなはらいおんせん》〉にうから集いぬ

へたくその父の将棋を何回か負かしたくらい父との遊び

白飯と弟

釜の蓋取りて白飯《しらいい》炊ける見て「うれしいなあ」と弟の声

白飯に大声上げて喜びし弟《おとうと》死にき終戦の年

風邪引けば念の為にと弟を父連れてって注射で死んだ

看護婦に注射を打たれ一分後玄関で苦しみ診察室で死んだ

ただ一人の弟悦男六歳で法悦善童子となりてしまいぬ

満年齢八十九は数えでは九十、母は卒寿迎えたり

米粒に混じる穀象虫を見ず戦後もあまた混じりいし彼ら

米粒は簡易糊にて指先で練りて封筒の代《しろ》に塗りたりき

米櫃《こめびつ》は絶えて見るなし穀象虫絶えて見るなし半世紀経て

百姓の多くが酒をやめしと言う昭和初年の養蚕農家

弥生びと米づくりをば始めてより農耕民族とわれらなりぬる

米粒の八割方を無駄にする大吟醸はフザケタ酒だ

赤石、仙丈、わきて風越　――石川啄木風に

ふるさとの飯田の山のなつかしさ赤石、仙丈、わきて風越《かざこし》

ふるさとの訛なつかしあたたかし「ソイダモンデナァ」とか「アバヤ」とか言い

天竜に泳ぎ中州の白砂にわれ腹ばいて甲羅干しせり

「奥村はふびんな奴だ」その歌の「ただごと歌」が無視同然で

いささかの銭借り行きしわが友の銭を返さず現れもせず

中学の首席をわれと争いし原とリヤカー引きアイスキャンデー売りき

生物のカマキリ先生大声を張り上げボクらは私語を楽しむ

結核で病院に入《い》りそのまんま帰らぬ数学教師もありき

亡くなりし中学の師の怒りたる額《ぬか》の青筋、両手の震え

銭湯の帰りの道に棒の如たちまち氷る手拭下げぬ

菱田春草生家は飯田市仲之町　不肖奥村も仲之町の生まれ

仲之町に生まれ育ちは吾妻町いまわが帰る家は東和町

魚屋の正《しょう》ちゃが将棋の相手にて吾妻町の家の夏の縁台

図書室の掃除をサボる松本を渾身の力もて蹴り飛ばしたり

親を家を生業を捨て六星君《ろくせいくん》船で渡りてそののちを知らず

北朝鮮移送の最後の船に乗り松本六星は笑顔で去りき

スマスマ

不可思議のめぐり合せで必然の如くにテレビ出演決まる

想像はとても及ばぬ現実が圧倒的に押し寄せて来る

藤原の龍一郎氏に説得されしぶしぶ応ずテレビ出演

重大を知りて断りを入れたれど結果いよいよ受けるハメとなる

木村《きむら》、草彅《くさなぎ》、稲垣《いながき》、観月《みつき》にうち交じりオレは短歌の先生役で

真夜中に目が覚め事の重大に恐ろしくなり身が震え出す

*

烏帽子《えぼし》冠《かむ》り緑の着物着せられて廊下渡りてわが登場す

胡坐《あぐら》かき坐るや右に木村拓哉左に観月ありさ坐るも

源氏役の木村いきなり話し掛け和みしわれはしばしオシャベリす

ドシロトのわれが本番収録で木村、観月と歌の話す

目の前でスラスラ歌を作っちゃう木村拓哉は凄い奴だぜ

本番収録の四十分の間じゅうわが発言もみんなアドリブ

「自然体でよくぞ演じてくれました」プロデューサーが寄り来て言えり

午前一時四十分に収録が終わり手配のタクシーに乗る

ナニユエニわたし突然テレビに出、木村・観月と共演をせし

テロ

オサル顔見るや怒りでワナナクはわれもブッシュの同類なるか

ブッシュ灌木《かんぼく》、血まみれの草っぱら、T君詠みにし歌を忘れず

フセインを潰したとて　テロなくならぬ　身を以てそを体験するか

追い詰めていないだろうかネコがネズミを　渠《かれ》のホシイママにせんと

追い詰めていないだろうか強大な渠ら愚民の高支持受けて

窮鼠猫を噛む　そのキュウソ等が惑星に　ぞく　ぞく　ぞく　ぞく　増えつつあると

どこなりとバクダン身に付け飛んで行け　ネズミはネズミ数で勝負だ

一方の愚民増えれば一方の愚民も増えて争い止まず

アメリカの内部に居ると世の中のとうぜんの事見えなくなるか？

強い渠ら一方的に降りちまって憎悪の連鎖を断ってくれんか

チェチェン人、パレスチナ人独立を求める　民《たみ》の存する限り

幾百万、幾千万の民衆の怒り力で潰せるものか

＊

死の商人となりにし彼か　石油利権めぐる戦争と穿《うが》つ声も聞く

死の商人となりにし渠を国民が圧倒的に支持するものか？

二〇〇三年（平成十五年）

スキー

湯畑は変わらず青い湯を噴きて草津よいとこ二度ならず来た

寒さにもレベルのありて夕迫る草津の町の頬打つ寒さ

道に配る温泉まんじゅう受け取って食べながら行く賽《さい》の河原《かわら》へ

草津国際スキー場よしガーラよりコースの長く雪はさらさら

＊ガーラはガーラ湯沢スキー場

スキー靴の頑固な造りのその中に足押し入れてガグッと締める

板の金具に靴押しはめてガッチンコ板はぴたりと足に付きたり

両足に下げ持つ重い木の板のスキーを下げて宙《そら》上りゆく

真ん中に身は移しつつ四人乗りリフトに一人運ばれて行く

雪のせる緑の木々を下に見てリフトに一人運ばれてゆく

てっぺんまで運ぶは機械　てっぺんから滑りて下る　メカよありがとう

中級のレベルのわれは中級の雪の斜面のコースを下る

スピードを増すも落とすも意のままの板の上のわれ雪面下る

スピードの出し過ぎならんバランスを崩してもろに転倒したり

両側が雪の斜面の谷底を滑降すどこ見ても雪

ピッチングの効用ならん一日中滑り滑りて足は痛まぬ

＊高速道路を支える壁面に向って折々ボールを投げる

ギター演奏

「徒手空拳のドン・キホーテ」の奥村はギター持ち闇雲にステージに立った
ステージでわなわな指が震えだし頭真っ白立往生す

＊

ギターの弦抑えられない　左手の小指がしびれ感覚うすれ

一本の指のかすかな痛みでもギター弾くとき差し支えある

*

今現在五体のどこも痛む個所なき身の幸を思い見るべし

*

弦を弾く指がかすかに震え出し　気持ち鎮めて危機乗り越えた

何度目のチャレンジだろう〈途中放棄〉なく弾き終えた今日のステージ

手を震わす神が本日自重して曲の終わるまでわれに弾かせた

〈キホーテ〉の一念通じステージで人並みにわれギターが弾けた

カスピ海ヨーグルト

わが歌はスーパーリアリズム平べたい言葉をつづるのみのわが歌

われはもや「わが歌」得たりひとみなの得がたくあらん「わが歌」得たり

カスピ海ヨーグルト飲み　一ヶ月　髪生えて来たかすかなれども

カスピ海ヨーグルト飲み髪黒くなって来たので染めるの止めた

カスピ海ヨーグルト飲みわれもまた〈髪再生〉の恩に浴した

百人の九十九人は「ヨーグルト飲み　発毛」はあり得ぬだろう

百人の一人のわれは清《すが》やかに信じる「ヨーグルト　飲んで　発毛」

百人の九十九人が効かないと言ったって駄目オレには効いた

イラク戦争

二〇〇三年三月二十日午前十一時半（日本時間）頃、ブッシュアメリカ政府、ブレアイギリス政府によるイラク攻撃が開始された。9・11に続いての悲劇の日付3・20を心に刻み、この蛮行の推移とその帰結を見守ることにする。

三月二十日以前に以下の歌を詠んだ

笑ってやれせめてブッシュをアメリカを対イラク戦を笑ってやれ

やり放題かって放題のアメリカにイギリス政府も歩調を乱す

フランスは戦争反対の説得をアフリカの国に繰り返すかな

だれ一人納得いかぬ不条理が堂々とまかり通るこの世は

無法者、ならず者ブッシュ・ブレアによる〈虐殺〉秒読み、この今の世界

正義なき戦争突入阻止出来ぬ人類哀れ、人類無力

民衆のおおむねが心に反対を叫ぶ戦争の阻止が出来ない

象徴的　象徴的だ　あの男　何が何でも殺《ヤ》ッテシマエと

罪のなきイラク民衆の虐殺が　大虐殺が今し切迫す

虐殺を肯定し支える痴《し》れ者の言動観てる　われは茶の間で

*

三月二十二日未明（日本時間）バグダッドの目標に向けての苛烈な空爆により、建物は次々に破壊され、炎上す

まさか無人の建物こわしのはずはなく人殺し目的のハイテクバクダン

バクダンを落としサツリク繰り返し、イラクの民の〈自由〉のためと

言語道断の破壊、虐殺　ブッシュ等は己が意のままの大義？　貫く

本当の動因、動機なんなりや　政治奇っ怪　経済奇っ怪

リアルタイムで歌は詠むべし詠むべきと〈ドン-キホーテ〉の想いをつづる

ブッシュ文明デジタル世界コンピューター吾《あ》がホームページ　ズブズブわれも

戦争と言えるだろうか

この今もハカイ、サツリク意のままのバグダッド思う真夜に目覚めて

容赦なきハカイ、サツリク繰り返しその復興を議する痴《し》れ者

一方的ハカイ、サツリク　正義なき米《べい》の蛮行なぜに通るか

狂ってる病んでるわれ等棲《す》む地球狂ってしまったホモサピエンス

反戦の声が心が行動に変革に行く将来《さき》をこそ思え

＊

アメリカの義なき無謀に刃向って〈NON貫きし〉サダム・フセイン

一刻も早う戦争終われよと思うのみなる　ジゴクのバグダッド

＊

4月9日、バグダッド陥落す。無政府状態に

解放！　トンデモナイ　言語道断の内政干渉、国つぶし

ブッシュアメリカ、シャロンイスラエル強大な力をふるう惑星ぞ　かなし

＊

アメリカの義なき無法の正体をあばく高価な犠牲であった

パウエルはよさそうな人に思えるがなぜ戦争かパウエルさんよ

*

一晩に十万人をギャクサツせし三月十日の米《べい》のクーバク

あとがき

『ピシリと決まる』に続く、第九歌集。二〇〇一年から二〇〇三年までの、新世紀を迎えてからの三年間（実質的には二年半）の作の中から三五三首を収めた。全て連作（二七篇）である。短歌研究社の企画出版であり、「歌の数は三五〇首をメドに」という要請に従った結果が連作歌集となった。連作を集めるだけでその数を満たしたからである。

自分は一連のまとまった数の作で思いを述べる連作タイプの歌人であろうから、自分の持ち味を生かし得る歌集となったことを嬉しく思う。

リアルタイムで日々の感懐を歌い上げる、というのが自分の作歌法であり、その結果表現された思い・感じ方・思想・世界は正真正銘自分のものであり、これを公開提出するしかなく、それはまた一つの立場のものでもあろう。新世紀初頭の現実を踏まえたわが思いの表白であり、表現である。

この期間、「短歌研究」誌上に三〇首詠の連載を八回行う機会を与えていただいたことが作品世界の創出をなさしめた土台であり、押田晶子さんをはじめとする短歌研究社のスタッフの方々に厚く御礼を申し上げます。

二〇〇三年八月二五日、初校を終えたる日に記す

奥村晃作

初出一覧

二〇〇一年（平成十三年）

母、八十七歳	短歌現代	3月号	9首
岡倉天心の墓	短歌研究	5月号	7首
早春の佐渡に遊ぶ	短歌研究	7月号	21首
テトラポッド	桟橋	7月号 67号	4首
旧東海道の処々を歩く	短歌研究	10月号	26首
花火見に行く	コスモス	11月号	4首

二〇〇二年（平成十四年）

キケンの水位	短歌研究	2月号	22首
孫の花子	コスモス	3月号	6首
解体と建築	短歌研究	5月号	28首
孫の太郎	短歌朝日	9・10月号	5首
引越し業者マミー	短歌四季	9月号 秋号	5首
天草の夕日	短歌研究	8月号	15首

ヒマラヤの青い芥子	短歌現代	8月号	15首
ラジカルはファンダメンタル	桟橋	10月号　72号	11首
旧満州小旅	短歌研究	11月号	28首
空	朝日新聞	9月28日	6首

二〇〇三年（平成十五年）

拉致された五人の帰国に思う	桟橋	1月号　73号	13首
ふるさと飯田を歌う	信州日報	1月1日	11首
白飯と弟	南信州	1月1日	12首
赤石、仙丈、わきて風越	短歌朝日	3・4月号	16首
スマスマ	短歌研究	3月号	15首
テロ	短歌研究	3月号	14首
スキー	短歌往来	6月号	15首
ギター演奏	短歌往来	6月号	9首
カスピ海ヨーグルト	短歌研究	6月号	8首
イラク戦争	短歌研究	6月号	16首
戦争と言えるだろうか	桟橋	7月号　75号	12首

検印
省略

コスモス叢書第七四五篇
平成十五年十月十六日　第一刷印刷発行©

歌集　キケンの水《すい》位《い》

定価　本体二八〇〇円
（税別）

著者　奥《おく》村《むら》晃《こう》作《さく》
発行者　押田晶子
発行所　短歌研究社
郵便番号一一二―〇〇一三
東京都文京区音羽一―一七―一四　音羽YKビル
電話〇三（三九四四）四八二二・四八三三
振替〇〇一九〇―九―二四三七五番
印刷者　豊国印刷
製本者　島田製本

ISBN 4-88551-787-7 C0092 ¥2800E

短歌研究社　出版目録

＊価格は本体価格（税別）です。

評論	現代短歌史Ⅲ　六〇年代の選択	篠　弘著	A5判	四九六頁	一一六五〇円	〒三四〇円
評論	戦後の秀歌Ⅳ・Ⅴ	上田三四二著	四六判	各巻 全巻一括	二五二四円 四八五四円	〒二九〇円 〒三四〇円
評論	楽しみながら学ぶ作歌文法　上・下	島内景二著	四六判	各巻 上下一括	二八〇〇円 五四七六円	〒二九〇円 〒三四〇円
歌集	青童子	前登志夫著	A5判	一八四頁	三〇〇〇円	〒二九〇円
歌集	汨羅變	塚本邦雄著	A5判	一七六頁	三〇〇〇円	〒二九〇円
歌集	海嶺	宮英子著	A5判	二〇〇頁	三〇〇〇円	〒二九〇円
歌集	白雨	春日井建著	A5判	二〇八頁	三〇〇〇円	〒二九〇円
歌集	日の鬼の棲む	伊藤一彦著	A5判	二〇八頁	三〇〇〇円	〒二九〇円
歌集	行路	島田修二著	四六判	二四〇頁	三三三三円	〒二九〇円
歌集	約翰傳僞書	塚本邦雄著	A5判	二〇八頁	三五二四円	〒二九〇円
歌集	敷妙	森岡貞香著	四六判	二〇八頁	三〇〇〇円	〒二九〇円
歌集	星座空間	尾崎左永子著	A5判	二〇八頁	三〇〇〇円	〒二九〇円
歌集	いろせ	水原紫苑著	四六判	二〇〇頁	二三八一円	〒二九〇円
歌集	芥子と孔雀	富小路禎子著	A5判	二二四頁	三〇〇〇円	〒二九〇円
歌集	牧神	坂井修一著	A5判	一八〇頁	三〇〇〇円	〒二九〇円
歌集	エトピリカ	小島ゆかり著	四六判	二〇八頁	二三八一円	〒二九〇円
歌集	夏のうしろ	栗木京子著	四六判	一八〇頁	二五〇〇円	〒二九〇円
文庫本	近藤芳美歌集	近藤芳美著		一九二頁	一二〇〇円	〒二一〇円
文庫本	大西民子歌集（増補『風の曼陀羅』）	大西民子著		二一六頁	一七九六円	〒二一〇円
文庫本	岡井隆歌集	岡井隆著		二〇〇頁	一二〇〇円	〒二一〇円
文庫本	馬場あき子歌集	馬場あき子著		一七六頁	一二〇〇円	〒二一〇円
文庫本	島田修二歌集	島田修二著		一七六頁	一二〇〇円	〒二一〇円
文庫本	柴生田稔歌集	清水房雄編		一八四頁	一七四八円	〒二一〇円
文庫本	窪田章一郎歌集	窪田章一郎著		一七六頁	一七四八円	〒二一〇円
文庫本	塚本邦雄歌集	塚本邦雄著		二〇八頁	一七四八円	〒二一〇円
文庫本	上田三四二全歌集	上田三四二著		三八四頁	二七一八円	〒二一〇円
文庫本	春日井建歌集	春日井建著		一八四頁	一九〇五円	〒二一〇円
文庫本	佐佐木幸綱歌集	佐佐木幸綱著		二〇八頁	一九〇五円	〒二一〇円
文庫本	高野公彦歌集	高野公彦著		一九二頁	一九〇五円	〒二一〇円